句集 月白

池上李雨

砂子屋書房

＊目次

カバー絵・岩崎灌園『本草図譜』

句集　月白

I 初蝶

（二〇〇一年〜二〇〇四年）

飛蝗散る野をわくわくと歩きけり

日の没りに枯あぢさゐのかたへ過ぐ

秋さびし流れる雲の真下なり

子を送る歩いておくる秋桜

蜘蛛の糸朽葉ひとつを廻しをり

葉に息む蝶のひとひら冬隣

遠きより舞ひきて落つる一葉かな

鳶の腹まざとせまりて泡立草

真中を架けそこねたる冬の虹

それぞれのマストの高き冬鷗

寒の鳩首あをく照りあかく照り

寒木瓜や壁にもたれてをんなのこ

寒雀追ひつきながら進みをり

花椿ならべ置かれて暮れにけり

また少し障子開けたる春炉かな

初蝶の低きをたどりたどり行く

をがたまの薫りに閉ざす夜の門

夏近し木馬は砂に古びつつ

草を刈る響きのなかの五月かな

夏薊老に聞きゐる海のこと

ででむしに一枚の葉の夜明かな

五月闇花はしづかにしてゐたる

ほととぎす山にむかひて物干せり

一瞥の青大将や草に入る

手を止めて初ひぐらしの遠きかな

草の花をさなご父の手を放つ

オルガンに揃はぬ声や鳳仙花

秋蝶にトンネルの先すぐ見ゑて

秋雨の赤と緑の椅子の店

秋高し箒たてゆく清掃車

冬の虻バス停に人なかりけり

寒昴街よりたかき町に住み

霜柱はじめは少し踏むつもり

裏口に猫のをりたる梅の花

ばらの芽や干されて道着おとなしき

山畑に日を移したる桜かな

分入りて枝垂桜のものとなる

桜山散つてけろりとしてをりぬ

長啼きの目白に広場ゆづりけり

むつかしき貌豆飯を食べてをり

手のくぼに溜めてこぼるる山桜桃《ゆすらうめ》

草かげろふ白壁に影ほそめたる

芍薬のうしなふ色に傾ぎけり

かたばみに蠟石の絵のとぎれをり

夏波に向きなほりたる肩車

寄りかかるものいくつある夏の雲

潮の香のとぎれとぎれや祭幡

笛方の少女かたぶく浦祭

雲の下雲のはしりて百日紅

夕さりの二手に飛んできりぎりす

雑じり咲くものをへだてし桔梗かな

いきものの降りこめられし瓜の馬
星ひとつ揺れさだまりし鉦叩
栗の毬ひらきて雲の厚きこと

とどまりて火種のごとし秋茜

だんだんと道遠くなる狐花

隧道の先見ゑてをり草の絮

猫にきく浅きためいき冬林檎

日短か籠の鳥ほどうごかざる

思ふこと別にありけり日記買ふ

水仙花円卓にして席次あり

おとなしく虻に吸はれて冬椿

夕影は葱の畝にて暗みけり

わが少女ひげ淡くありヒヤシンス

水底へつづく石段いぬふぐり

糸柳純心さやに尖りをり

春なれや土にゑがきて絵空事

木耳を噛みて砂町定食屋

昼顔の鉄条網にいたりをり

雨らしき水面となりぬ夏料理

せつせつと大暑なりけり籠の鳥

中年や手花火の膝むきあへる

大阪は人滾りをり西鶴忌

十六夜の止り木ありぬをみなにも

裏山を負ふ図書室やねずみもち

手習の漢詩一枚櫨紅葉

看板に塩の一文字初氷

雪降ればあふむく雪の奥処まで

日向ぼこまんさくとある札の前

春待つや大路小路のさきは海

Ⅱ　日雷

（二〇〇五年～二〇〇九年）

新刊に栞のあとや春霞

春の昼潜水艦は乾くなり

長髪のひとに髭あり鳥曇

春愁や斯かるところに亀泛けり

老犬に媼あましよ八重桜

春蘭や廻廊にして行止る

芍薬のうちなる羽音聞きゐたり

櫂ふたつねかす小舟や桜桃忌

白玉や猫半眼によこたはり

日雷少年網を立直す

のけぞれば星屑しろし螢川

八月の波とほざかる藻屑浜

男鹿《をが》一夜稲妻海をさらしけり

宙に餌をとらふ雀や震災忌

秋うらら硝子屋の貌窓ごしに

乳をやるひとの瞳《め》淡し青蜜柑

丸描いてはじまる遊び小六月

浮寝鳥聳つビルの音もなし

冬蝗かがめば我が身あたたかき

寒灯やこれより闇の櫟山

昼月に十字架織し寒の入

熱の肺梢は雪を残しけり

春泥の端より乾き夕鴉

紙筒のほそきに砂糖日永し

かげろふや頤あげて猫眠る

見えてより江ノ島遠し初桜

藻隠れの魚に日の透く五月かな

万屋のひろき間口や吹流し
花あふち別々の風雲に見て
裏庭の見えて木地屋や夏はじめ

駐留の妻の刺青《タトゥー》や日の盛

月涼し猫撫でて恋遠くしぬ

日かげれば荒草寂びぬ蟬丸忌

天牛を抓んで鳴かす物干場

かなかなに雨呼ぶ風の立ちにけり

子に乳房われに乳房や月の宿

抜け落ちしごとくに月や町外れ

十月や伏せて三人の飯茶碗

尾を立てし猫の沽券や冬隣

冬薔薇や昼はさびしきこの辺り

冬晴や真つ向を見て舟の人

自鳴琴《オルゴール》開けて音なし三島の忌

はつ雪や母の双眸父の黙

谷中猫町僧侶の寒きつむりかな

買物にゆく修道女冬木の芽

裏山の月上げにけり雪達磨

さきがけの一つが惚と白椿

浮氷離れ鴉の歩きをり

きさらぎや笙《しやう》篳《ひち》篥《りき》の音合せ

曲馬団春の天幕《テント》を張りにけり

西国に遠忌ありけり花きぶし

つばくろや野原にいつも誰彼ゐて

鎌倉や囀ちかく古書漁

棕櫚の花ふるき館に靴のまま

青蛙三人の兄ひとり欠く

水中花酒場に窓のなかりけり

三日働き二日あそびぬ氷水

昼顔や海に尾根尽く三原山

合掌の石のマリアや蝸牛

鳩鳴いてはじまる今日の暑さかな

からす蛇田水に殺気はしりけり

ブイの揺れ鷗に移る晩夏かな

裏山の深きは知らず鏡花の忌

椋鳥の嘴のせはしき通り雨

菊の香の花屋一坪ばかりかな

菊の束さげて江ノ電窓昏し

月草や子規の寝たる畳ふみ

遺児のごと小さし中也の冬帽子

ボルシチと鉞《ブ》力《リキ》のやうな冬の海

残菊の臙脂死者より楽をして

独語せる仕事の夫や室の花

鱈買へば夕焼失せてゐたりけり

冬鷺の立ちつぱなしの水鏡

寒鴉遠出の羽をつかひをり

野遊びやたたみて薄き乳母車

昃《ひかげ》れば速し道辺の芹の水

真つ当なをんなの暮し紋黄蝶

えにしだや前後人なき雨の坂

卯波たつ水平線に艦征かせ

夜は山のものとなる町ほととぎす

六月の少女のむすぶ草の罠

案の定雨降つてきし桜桃忌

白シャツの中学生や夕の樹

かはほりや今もどこかに人攫ひ

鳳蝶白抜きのごと吾を残す

青柿のうれひカンナの嘆きかな

石段をじわじわ登る秋出水

ホームより蜻蛉見てゐる遅刻かな

月見草あめりかのヘリ三機づつ

先生のひとりの下校きりぎりす

不自由な頭のなかや曼珠沙華

チェス詰めば雨夜の蟲となりにけり

酣《たけなは》の広間や月を見るとなく

月満ちし十一月の跫音かな

羊羹の端さりさりと漱石忌

福寿草木橋を猫のとほりけり

三寒の四温の雀散りて寄る

外人の子のカタコトや雛あられ

ゆるゆると電車は車庫へ春の星

ぼんぼりを灯し霙を聴きゐたり

鎌倉の暖簾の数や春疾風

川に散る桜は海へ舫ひ船

春の宵働くための爪を切る

橋長き薄暑の海を渡りけり

幌はためくトラック夏の来りけり

あめんぼう脚踏みかへて水遣りぬ
わらわらと蟻に列なき日の斑かな

Ⅲ　鬼の子

（二〇〇九年〜二〇一一年）

千切雲夜空に見ては麦酒くむ

長椅子に秋沁む父の忌日かな

沿線のけふ凜凜と曼珠沙華

極楽寺どまりは二輛月白に

紺極めて磧《かはら》に立てり秋燕

庭ぬけて蛇山へ向く暮の秋

からすうり藪騒がせて捥ぎにけり

晩秋や赤き花散るけもの道

天高し松笠かろき音に落つ

ショベルカー見てゐる露の子供かな

ゐのころに虫ひそみをり昼の鐘

鬼の子と知られて息をひそめをり

冬港や鷗一羽の夜に覚めて

落葉して栗鼠くるほしき楢林

風の形とどめし雲や落葉焚

枯蟷螂軒先晴れて来りけり

工場の片屋根連ね雪模様

ちちははの老いず逝きけり花八ツ手

山鳩の跫音かそけく枯すすむ

実南天杖つく人の直ぐなる背

鯉の背の冬日や十歩ほどの橋

寒牡丹膝やはらかく屈みけり

手毬つく白鷺城の姫囃し

人気なき大路の日和冬木の芽

浅き川歩きて鳴けり寒鴉

仰ぎゐる人見てあふぐ冬の虹

まちまちな家族の目覚めクロッカス

うららかや五重の塔を眩しみて

暮るる日に敏き小店や春灯

先生のこゑ深沈と目借時

春月にとほくマストの鳴り合へる

春の海夕焼の雲を横たへて

青草に嬰《や》児《や》下ろしけり老夫婦

燕来ぬいつもの場所のにはたづみ

青梅雨やほがらに鳴いて駅雀

陶片も貝もあきらか夏の砂洲

咲ききりて泰山木の蕊高し
かきつばた真鯉しづかに犇《ひしめ》ける
氷菓舐む牧羊のみな静止して

予定地は未定のままに夏野原

雲ゆきて月の残りし遠花火

開きては閉づおはぐろの翅の息

落蟬のゆるき足搔きや風のこゑ

水を打つ大鬼やんま山の出湯

未だ日のたかき葉月の神楽坂

町並のとぎれて広き良夜かな

出雲五句

秋草の出雲に雲のあつまりて

橋いくつことに小橋のひややかに

夜を守る神の在せり後の月

朱き環を雲に映して後の月

竹の春出湯の月を隠しけり

蒸籠の湯気の小路や十二月

雪の積みそめて轍の跡二本

窓に見る雪のやさしく風巻《しま》くかな

子供らの声金色の初氷

皸《ひび》の手の於転婆たりし父を恋ふ

冬の蔦ひとを離れて煙草吸ふ

寒星にひかへて月の仄温し

子供らに雪のきてゐる逗子葉山

夫留守の書斎に撒けり年の豆

戯れに押すふらここの揺れ長し

二〇一一年震災

春星を恃みの帰路や地震の闇

散る桜土手の電車に巻かれけり

牡丹のくれなゐ冥き夜の始め

花片の何処に吹かれ罌粟坊主

文芸の息せつせつと桑は実に

潮の香の川かはせみのはや遠き

濁り川今はしづかに葭の丈

髪編んでもらふ少女や蟬時雨

香具師《やし》の灯に落ちて投げられ黄金虫

声明《しやうみやう》に似てあかときの蟬時雨

雲は秋外《と》に出て娘見送りぬ

蝶の道猫の道あり庭の秋

お迎への時刻の園児塩とんぼ

父の忌も義父の忌も過ぐ温め酒

秋蝶の日和となりぬ関ヶ原

柿簾板壁清く住みゐたり

広窓にあふみ豊かや浮寝鳥

一つ岩に鷗と小鳥冬の凪

鴇色の雲の褪めゆく一葉忌

枯柘榴町川の音響きけり

鋸の地べたに置かれ年用意

Ⅳ
露

（二〇一二年〜二〇一四年）

独身の兄の死五句

寒中を幾たび通ふ兄病めば

病床に冬の目高を購ひし

春待つや川を語りて兄妹

臨終の兄渡らんや吉井川

きさらぎの骨壺ぬくし連れ帰る

姫娑羅の若葉に雨の二三日

涼しさの「きりのきばし」に稚魚の群

すひかづら茂みの隙を埋めて咲く

緑雨滲む草刈り了へし畑の土

竹皮を根方に重ね夏の寺

やはらかき僧衣に梅雨の晴間かな

山滴る舎利殿の奥金仄と

浜に焚く送り火ひとの輪の中に

灯取虫打ち当る音違へては

新涼や和毛の吹かれ小白鷺

林檎まだ青し浮雲近くして

ゑのころや目鼻も消えて道祖神

新米をよそふ小櫃や越の宿

朝霧の屋根に光りて明け初めし

露草もあかのまんまも越後かな

雄心の父を慕ひぬ露の玉

田村俊子墓前

白菊に小虻離れず俊子の墓

星月夜毳立つ猫を拾ひ来し

初冬や佛の前の児の足裏

姥ヶ池銀杏落葉を浮かべけり

寒き手に煙くづれし大香炉

雪だるま声響かせて造りをり

鶺鴒の池の氷に遊ぶごと

飛びながら川鵜鳴きけり年の内

刷子屋に入りてもみたる師走かな

緋衣を蹴出す天女や寒の寺

青々と草なつかしき雪間かな

桴《ばち》ひとつ失くして雛の太鼓の子

居間にひとり二階にふたり春の雪

鐘楼の鐘しづかなる桜かな

つぴつぴと鳥の呼び交ふ五月かな

手をつけば浜昼顔の砂熱し

潮風に湿る秋谷《あきや》の祭かな

竜神へ祭のあとの足袋跣足

蓬生ふせせらぎ高き古都の川

白梅や眉の凜凜しき絵馬の皇子

亀の子の親を離れず花の池

装ひの素にして若き春の人

弁財天の幟の数や青葉風

幽《かす》かなり山藤盛る谷のなか

アイリスの庭より見上ぐ夏館
黒薔薇のなほ端端し日は天に
脂を噴く幹ふとぶとと桜の実

磯の間を稚魚奔りゆく夏淋し

石橋の上手下手を夕螢

螢川兄の死遠くなりにけり

無駄遣ひする癖いまも祭笛

ほほづきと湯呑がふたつ道祖神

残る蚊に刺されて小さき社かな

天蚕のひそむ陳屋や青邨碑

大鷺の背にしばらくの蜻蛉かな

秋興や水琴窟に頭を並べ

木の実落つ江ノ島詣済ませけり

花嫁と巫女の白絹秋日和

首を立て斧立て風のいぼむしり

落葉掻く文学館は黄の多し

船寄せて落葉を溜むる港かな

玄関に兄の山靴クリスマス

豆かんを買ふ心当て十二月

V 山の音

（二〇一五年〜二〇一九年）

雪霏霏とまたこんこんと夜となりぬ

子の跳ねて若き夫婦や雪解道

万両や低く在せる百観音

春荒に落ちし榠樝《くわりん》の匂ひ立つ
雨となる水輪のさやぎ荻の角
鳥の恋茅葺屋根を翔ちてより

行く春の府中のいろはかるたかな

如月の鳩を翔たせし乳母車

この径を誰れ彼れ通る落椿

降り立ちて温し高知の五月雨

万緑の雨後の山間煙りをり

めまとひの小雨に紛る不動前

青葉寺駄菓子もらひて奪衣婆

足長き牛馬となりし盆支度

風除けの身を寄せ門火焚きにけり

花茗荷子猫の増へしこの辺り
虫の音は山の音宵の雲がちに
秋の日に黒蝶大き翳落とす

弱り来し天蚕鱗をこぼちけり

萩に生れし黄蝶の巴日暮まで

家居して遠近の音子規忌日

秋澄むや白木を建つる槌の音

秋の蝶大根の首まだ出でず

どんぐりをひとつ投げたる藪の音

干柿になりしがひとつ木守柿

日表と日裏ひとしく冬館

子を抱いて聖樹の下に笑ひをり

苔にふり空井戸にふる霰かな

寒ければ子福桜のなほ小さし

馬坂に敷かれし煉瓦春の雨

空馬場の蹄の跡や春の雨

ホイッスル鳴る校庭や鳥曇

鈴《りん》を打つ音を収めし障子かな

初空や町内を一歩きする

音もなく雪が降るなりお正月

初売の幟を立てて眼鏡売る

ポストより満月あふぐ五日かな

四肢ゆるく泳げる亀や花楓

若き母老いたる母や薔薇まつり

ひつそりと館の裏や夏の蝶

六月の釣人と子の汀かな

岩窪に稚魚の水輪や梅雨の晴

鐙摺《あぶずり》の祭に倦みて浜に立つ

夏潮の夜の遠近の灯色かな

夏萩のこぼるる犬の尾を振れば

涼しさの風筋に寝て犬寧《やす》し

大汗の配達人の来りけり

子かまきり逃れし空《から》の掌

鴉鳴き交す入日や秋彼岸

風に浮く塵つむ秋の雀かな

秋雨や二階に椅子を引きし音

機嫌よく師走の鳥の鳴くことよ

数へ日の子らの自転車三輪車

雲ふたつ染めて短し寒夕焼

山彦公園落葉の溜り日の溜る

鳥のほか声なき園や紅椿

山鳩のころゑ春荒の治まりし

くはへ来し枝挿し直す鴉の巣

ひとところ花残りたる山の色

鯉幟たれて夕餉の匙の音

姉の来て青葉の墓を詣でけり

ばら鮓をあふぐに娘呼びにけり

一匹は簞笥の上や梅雨の猫

自転車の子の頬紅き二月かな

春一番二番三番山の音

文旦を箱ごと供ふ仏間かな

春泥の団地の脇を抜けにけり

隣家より造作の音桃の花

立雛の袖いつぱいに広げけり

山からの鳥の羽音や春の月

江戸肥後と紫佳かり菖蒲咲く

梅雨の子の傘の寄つたり離れたり

コンキリエバジルを散らし夏来る

バス停の後は海や花海桐

桟橋に飛ぶ子つぎつぎ花海桐

ごろごろと山畑長閑か真桑瓜

送り火の風雨激しく発ちにけり

きりぎりす朝の雨間を鳴きにけり

ありがたき仲秋の月けふの晴

近づけば蟷螂の口動きけり

軍港や銀杏落葉に入日影

立冬の白蝶窓に息みをり

冬晴の机上まぶしく文を書く

兄姉を招く一夜や炬燵酒

短日や路地なつかしき神社裏

山からの大き落葉を庭に掃く

掃いてゆく箒に落葉したがひぬ

冬夕焼高き雲居を染めにけり

如月の初雪詫びるごと降りぬ

淡雪のよんどころなく降りにけり

あとがきにかえて

私は、一九四八年岡山県津山市に生れた。明治生れの両親のもと、三男二女の末子であった。母は、私が四歳の時に病死した。すぐ上の兄は六歳上だったので、当時まだ十歳であり、体温以外母に何の記憶もない私より、悲しみは大きかったことと思う。家の近くに、城下の南を流れる吉井川がある。母を亡くしてからは、兄について堤防や河原で遊んだ。夏になると、毎日川で泳いだ。

十三歳の時、父が突然亡くなった。脳溢血だった。父が死んで、唯一結婚していた長兄が、夫婦で実家に戻ってきた。その二人とすぐ上の兄と私との四人暮らしが始まった。私の養育費、学費は四人の兄姉が分担することとなった。私以外の兄姉が全て職を得ていたことが、不幸中の幸いであった。

高校に入学した頃から、手当たり次第に本を読むようになった。図書室に入り浸るような賢い子ではなかった。町の貸本屋で、昭和三十年代の流行作家のものを三日にあげず貸りて読んだ。

津山の女子高を卒業後、東京に居た姉を頼って上京し、かねてより決めていた四谷三丁目のイラストレーションの学校に入学した。しかし、その興味は二年程で失せてしまったが、相変わらず読書は日常的なものだった。学費を出してくれた次兄には申し訳ないことをしてしまった。

数え切れないほどの人々と出会い、二十二歳の時最初の結婚をしたが、私の根深い喪失感を埋めることは出来なかった。

三十歳を過ぎた頃には、自ずと小説を書き始めていた。書いていくことで、何かが一層づつ自分の中に沈んでいくような心地よさがあった。

三十七歳で二度目の結婚をし、四十歳で初めて子供を産み、私のとりとめのない日々は一変した。子を持って初めて、父の、兄姉の大いなる慈愛というものに気づいた。その後、夫の父が仕事をやめたのを機に、同居することとなり、東京から逗子市に転居した。子供が三歳の時だった。

子育てに奮闘し、家族の中心となり本を読む余裕もなく、次第に疲弊して体力を失っていった。文芸に飢えていた私は、五十歳を過ぎた頃から、短歌や俳句に目を向けるようになった。二〇〇〇年に、京都の短歌会に投歌を始めた。しかし一年もすると、私には何も詠うことがなくなっていた。短歌より短く、何も言わなくてすむものが俳句だった。幸い越してきた地は、山を崩した分譲地だったので、周りには山があり、毎日様々な鳥の声が聞こえ、五月にはほととぎすも来るという野趣に満ちた所であったから、俳句の材料には事欠かなかった。また、私の原点である、吉井川、津山城下の様々な行事、夜空、夕立等々、それらは全て俳句を作るにあたって、すでに私の心情の核であり源流であった。

俳句は、私が共鳴した事物、事象をただ示すだけでよかった。何かを言いたければ、散文や実人生で表明していけば良いと考えている。

かくして私の、俳句への道は始まった。

この句集が出来るまでには、様々な方々に選を受けた。石田勝彦、綾部仁喜、藤田湘子、斎藤夏風、大峯あきら先生。皆さん物故されました。また、湘子先生亡きあと選を受けた、小川軽舟氏、私と共に吟行や句座を共にして下さった全ての皆様に感謝致します。

最後に、「砂子屋書房」の田村雅之氏にご無理を聞いて頂き、第一句集を上梓する事が出来ましたことを深く感謝いたします。

池上李雨

二〇一九年八月

俳歴

一九四八年　岡山県津山市に生れる

二〇〇一年　俳句を始める　「泉」「鷹」を経て

二〇〇九年　「屋根」入会

二〇一三年　俳人協会会員

二〇一六年　「屋根」新人賞受賞

二〇一三〜二〇一八年　「晨」会員　雑詠

現在　「秀」会員

現住所　神奈川県逗子市沼間三―三〇―二三（〒二四九―〇〇〇四）

句集　月白

二〇一九年一一月一〇日初版発行

著　者　池上李雨

発行者　田村雅之

発行所　砂子屋書房
東京都千代田区内神田三―四―七（〒一〇一―〇〇四七）
電話　〇三―三二五六―四七〇八　振替　〇〇一三〇―二―九七六三一
URL http://www.sunagoya.com

組　版　はあどわあく

印　刷　長野印刷商工株式会社

製　本　渋谷文泉閣